MW01706957

Une journée d'enfer

Vous aimez les livres de la série

Sabrina
l'apprentie sorcière

Écrivez-nous
pour nous faire partager votre enthousiasme :
Pocket Jeunesse, 12, avenue d'Italie, 75013 Paris.

Sabrina
l'apprentie sorcière

Une journée d'enfer

Cathy East Dubowski

Traduit de l'américain par Florence Mantran
et adapté par Shaïne Cassim

2e édition

POCKET
jeunesse

Titre original :
A Dog's Life

Publié pour la première fois en 1998
par Pocket Books, États-Unis

Loi n° 49 956 du 16 juillet 1949 sur les publications destinées
à la jeunesse : juin 2001

ISBN 2-266-11162-0

Tu as envie de lire des romans drôles,
pétillants, irrésistibles ?
Abracadabra !
La série

Sabrina
l'apprentie sorcière

est faite pour toi !

Pour le véritable Macdougal,
qui nous protège et nous aime
comme nous sommes.

1

Cuisine et sorcellerie

Crac !

Splaf !

— Non, ce n'est pas vrai ! glapit Sabrina. J'ai encore cassé le jaune ! Une sorcière incapable de casser un œuf ! On n'a jamais vu ça !

Elle respira un bon coup.

— Pas de panique. Je reprends la recette... façon Spellman.

Redeviens vite fait
l'œuf que tu étais !

Aussitôt, l'œuf se recomposa et atterrit doucement dans sa main.

— Génial, Sabrina. Quel exploit ! lança Zelda en entrant dans la cuisine.

— Tante Zelda ! Tu te moques de moi ?

— Pas du tout, ma chérie !

Sabrina sourit. Jusqu'à seize ans, elle avait été une fille comme les autres. Puis elle était venue vivre à Westbridge, dans l'ancienne demeure victorienne où habitaient les sœurs de son père : Zelda et Hilda. Et là, patatras ! Elle avait appris qu'elle était une sorcière. Presque à cent pour cent. Car sa mère, elle, était une mortelle. Malgré tout, la vie de Sabrina avait complètement changé.

Hilda entra à son tour dans la pièce et... leva le bras vers sa nièce.

Boum ! Sabrina ne bougea même pas. Un énorme plat de brownies apparut sur le comptoir.

— La recette est à la page 505 de ton livre, *À la découverte de la magie*, lui précisa Hilda.

— Oui, mais j'aimerais bien une fois dans ma vie utiliser un bol, une cuiller en bois, des œufs, de la farine, du sucre...

Hilda ouvrit des yeux ronds :

— Pour quoi faire ?

— Écoute, j'adore être une sorcière, j'adore ces pouvoirs magiques que papa m'a transmis. Mais... je reste à moitié mortelle, malgré tout...

Et Sabrina ajouta d'une petite voix :

— ... cuisiner me rappelle maman.

— Ta mère cuisinait très mal ! Pas vrai, Zelda ?

— Exact, mais elle a bien d'autres talents, Sabrina.

Sa mère, archéologue brillante et passionnée, ne menait pas l'existence plan-plan de madame-tout-le-monde. Sabrina et elle ne s'étaient pas parlé depuis des siècles. Tout ça par la faute d'une étrange règle du monde des sorciers : si Sabrina portait les yeux sur sa mère avant ses dix-huit ans, celle-ci se transformerait en statue de cire.

— Quand je la reverrai, je ne veux pas qu'elle me prenne pour une fêlée. Qu'au moins je sache préparer des brownies !

— Sabrina ! protesta Hilda. Si ta mère pensait que les sorciers étaient fêlés, jamais elle n'aurait épousé ton père.

— Mais je suis à moitié mortelle !

s'énerva-t-elle. Je ne suis pas comme les autres sorcières. J'appartiens aux deux mondes à la fois !

— C'est vrai, on te comprend, la rassura Zelda en lui tapotant le bras. Parfois, on devient tellement enragées avec notre magie qu'on en oublie le reste.

— Je ne vous le fais pas dire, murmura Sabrina. Pourtant, je crois que tu as raison.

Mais deux petites larmes brillaient dans les yeux de la jolie sorcière.

2

Un goûter catastrophe

— Je pourrai lécher le bol, quand tu auras terminé ?

Sabrina sursauta. Elle se tourna vers le portrait accroché au mur de la cuisine. Une vieille femme coiffée d'un chignon la considérait d'un regard sévère. Elle portait une robe noire rehaussée d'un col de dentelle que fermait une broche en camée.

— Non, tante Louisa, tu vas coller du chocolat plein le tableau !

— C'est toujours la même chose, je ne peux jamais m'amuser ! Au fait, tu n'as pas oublié les noix, j'espère ?

Sabrina soupira et ajouta des noix à ses brownies.

— Des noix de pécan, c'est tout ce que j'ai trouvé. Ça fera l'affaire ?

— Magnifique !

— Je t'en garderai un, promis !

Sabrina se retourna vers le livre de recettes et marmonna :

— Alors... une cuillerée à café de levure...

Lorsque la sonnette de l'entrée retentit, elle s'essuya les mains à toute vitesse. Quand elle ouvrit la lourde porte de chêne, son cœur s'emballa dans sa poitrine.

Harvey Kinkle se tenait devant elle. « Ce garçon a un sourire à damner les sorcières ! » songea Sabrina. À peine arrivée à Westbridge, Sabrina avait craqué pour lui et ils n'avaient pas tardé à sortir ensemble. Elle avait même cru un moment qu'il était l'amour de sa vie.

Mais les contes de fées ne durent jamais longtemps. Même avec de la magie au bout des doigts, le foot, les maths, les adultes avec leurs conseils à deux francs avaient fini par les séparer.

Cependant, ils s'appréciaient bien trop pour ne pas rester d'excellents copains. Qui sait ? Les fées n'avaient peut-être pas dit leur dernier mot...

— Salut, Harvey, qu'est-ce qui t'amène ?

— Je balade le chien.

— Mais... tu n'as pas de chien.

Ouah !

Sabrina n'avait pas remarqué le superbe labrador couché à ses pieds.

— Il est trop mignon ! D'où sort-il ?

— Il appartient à M. et Mme Milligen, mes voisins. Je fais du dog-sitting ! Ses maîtres sont à Boston.

Sabrina s'accroupit devant l'animal.

— Comment s'appelle-t-il ? demanda-t-elle.

— Macdougal. Doug pour les intimes !

Harvey s'arrêta net et renifla la bonne odeur.

— Ça sent hyper bon. Du chocolat... je me trompe ?

— Je sens que tu adorerais goûter, dit-elle en riant. Tu m'attends au salon ?

— Assis ! ordonna Harvey au labrador qui obéit sur-le-champ. Tu as vu, il est cool ! J'aimerais bien qu'il soit à moi. La vie de chien, c'est génial : ça court, ça dort, ça mange, ça reçoit tout plein de câlins.

« Pas aussi génial que la vie de sorcière ! » pensa Sabrina.

— Si c'était mon chien, poursuivit Harvey, je l'inscrirais à tous les concours.

— Oh, ça me rappelle que j'ai le nouveau CD de U2. Tu veux l'écouter ?

— Super, oui !

— Ne bouge pas, je vais le chercher.

Sabrina bondit dans l'escalier. Elle grimpa les marches deux à deux et entra dans sa chambre. Vautré sur le lit, son chat noir la fixait d'un regard sévère.

— Quoi ? demanda-t-elle.

— Ça sent le chien, se plaignit Salem.

Dans une autre vie, il avait été sorcier... avant d'être condamné par le Conseil des sorciers à vivre cent ans dans la peau d'un chat pour avoir voulu dominer le monde. Il ne lui restait plus qu'un pouvoir : parler.

Et celui de faire enrager Sabrina.

— Harvey a amené son copain Macdougal. Tu veux que je te le présente ? proposa Sabrina.

— Surtout pas ! répondit-il en frissonnant de dégoût.

— Tant pis pour toi !

Elle descendit rejoindre Harvey, le CD à la main.

— Je te laisse quelques minutes, le temps de finir mes brownies, lui annonça-t-elle.

— Pas de problème, la rassura-t-il. J'écoute ton CD en t'attendant.

Sabrina fila à toute vitesse dans la cuisine.

— Quelques pincées de levure et hop ! Je les mets au four.

Elle ouvrit les placards un à un. Impossible d'en trouver. Où Zelda avait-elle bien pu ranger cette maudite levure ?

Quelle corvée de faire des brownies ! Ça n'amusait plus du tout Sabrina maintenant que Harvey était là... et l'attendait. Elle jeta un coup d'œil par la porte entrouverte. Harvey jouait à la balle avec Doug.

« Parfait, il ne verra rien », se dit-elle.

Elle s'apprêta à faire apparaître de la levure dans la pâte. Hélas, au moment précis où elle faisait claquer ses doigts, Harvey cria :

— Non, Doug ! Ne fais pas ça !

Sans réfléchir, elle se retourna... et sa main suivit le mouvement. Le fluide magique partit comme une fusée, passa à côté du bol de pâte, ricocha sur le grille-pain métallique et... fondit sur Harvey et Doug.

— Noooon... pas ça ! gémit Sabrina.

Trop tard ! Dans un vacarme d'enfer, chien et garçon se retrouvèrent au milieu d'un méga-feu d'artifice. Leurs deux corps se mirent à tourbillonner comme des toupies. Puis ils s'immobilisèrent.

Horrifiée, Sabrina plaqua sa main sur sa bouche.

— Zelda va me massacrer !

« Attention, Sabrina ! Quand tu utilises tes pouvoirs, pense toujours à toutes les conséquences. Prévois même les pires ! » lui répétait-elle souvent.

Harvey et Doug se regardaient avec une expression ahurie. Ils avaient l'air d'aller bien. Aucun d'eux ne s'était transformé en grenouille, en ananas ou en brosse à cheveux.

Mais d'où provenaient le violent souffle qu'elle avait ressenti et les incroyables étincelles qui avaient jailli ? Et pourquoi cette fumée violette avait-elle envahi la pièce ?

Sabrina se précipita vers son ami.

— Harvey... Tu vas bien ?

Il se gratta l'oreille, secoua la tête et répondit...

— Ouah !

Puis sa voix dit :

— Que... qu'est-ce qui s'est passé ?

Mais ces mots sortaient de la gueule de Doug !

Soudain, elle comprit. Le sort qu'elle avait lancé avait interverti les corps d'Harvey et de Doug.

— Oh non ! fit Sabrina, terrifiée.

3

Une grave décision

Le pauvre chien la regardait avec des yeux effarés.

— Harvey ?... bredouilla-t-elle.

— Oui, c'est moi.

Sa voix – quoique un peu plus grave – sortait de la gueule de l'animal.

« Du calme, ne paniquons pas », songea Sabrina. Lentement, elle se retourna vers son ami.

— Doug ?... dit-elle avec précaution.

— Ouaf !

Non, elle n'hallucinait pas. Doug se trouvait bien dans le corps de Harvey ! Et celui-ci avait pris l'apparence du chien !

— Pourtant... tu peux parler ? lui demanda-t-elle d'une voix étranglée.

— Euh... oui. Les mots me viennent tout seuls.

Le cerveau de Harvey était passé dans la tête de Doug. C'était aussi simple que ça !

Mais... et Harvey ? Le vrai Harvey ?

Sabrina se baissa de nouveau vers l'animal.

— Harvey ?... Tu m'entends ? Tu... comprends ce que je dis ?

D'abord, Harvey-le-chien la considéra d'un air inquiet. Puis il articula sur un ton rauque :

— Oui... qu'est-ce qui s'est passé, Sabrina ? Que... qu'est-ce qui m'arrive ?

— Alors... toi aussi, tu peux parler ?

— Bien sûr ! Et je suis obligé de me tenir sur quatre pattes !

De mieux en mieux... ou de pire en pire. Les deux pouvaient parler ! Comment allait-elle expliquer ce phénomène à Harvey ?

— Ouaf, insista le garçon-chien. Sabrina, dis-moi que je rêve.

« C'est ça. Excellente idée ! »

— Oui, Harvey, tu rêves.

— Non, je sais bien que non.

— Comment ça ?

— Parce que la seule chose dont je rêve d'habitude c'est le sport.

— Hum... peut-être que tu rêves que tu es un chien de chasse.

— Impossible ! aboya-t-il. Sabrina, je suis vraiment mal, tu sais !

Et, sans prévenir, il lui sauta dans les bras.

— Arrête ! hurla-t-elle. Tu es trop lourd !

Un rire sarcastique retentit alors dans l'escalier. Elle leva les yeux et aperçut Salem, un sourire machiavélique découvrant ses canines acérées.

— Il n'y a rien de drôle, Salem !

— Oh, si. C'est même délirant !

— Dis-moi, ça te brancherait de te transformer en chat empaillé pour le reste de ton existence ?

— Oh, oh, du calme, Sabrina. Tu ne me ferais pas ça...

Harvey, lui, ne remarquait même pas que Sabrina parlait à son chat ni que celui-ci lui répondait.

— Assis, Harvey ! lâcha-t-elle, exaspérée.

Salem ! Tu remontes dans ma chambre, rugit Sabrina. Je ne veux plus te voir en bas tant que ce... chien s'y trouve. Ou je te jure que je te transforme en bouillie.

Aussitôt, le chat noir bondit vers le premier.

« Oh, là là, Harvey ! Qu'est-ce que je vais faire de toi ? songea la jeune sorcière. Oh, j'ai une idée ! »

— Harvey, lança-t-elle, viens par ici !

Docilement, il s'avança en remuant la queue.

— Tu veux un petit goûter ?

— Ouaf !

Sabrina claqua des doigts : une boîte de friandises pour chiens apparut dans sa main.

— Tiens, mon beau, voilà qui te fera oublier tes ennuis... du moins j'espère.

Tout heureux, Harvey se jeta sur un biscuit en forme d'os. Il l'emporta dans un coin de la cuisine et se mit à le croquer.

Puis il s'arrêta net et lâcha :

— Qu'est-ce qui me prend ? Voilà que je dévore de la nourriture pour chien !

Mais ses instincts reprirent vite le dessus :

— Oh, après tout... murmura-t-il.

Sabrina le regarda mastiquer son os. Elle reconnaissait bien là Harvey. Innocent et confiant. Il prenait la vie comme elle venait, sans se poser de questions. Sabrina s'assit par terre.

— Maintenant, écoute-moi, Harvey. Je vais tout t'expliquer.

« Comment je vais bien pouvoir lui dire ? »

Il était temps pour elle de partager son secret avec quelqu'un. Avec Harvey, justement. Personne ne saurait mieux garder le silence.

4

Une situation explosive

Sabrina hésita. La tête de ses tantes quand elles découvriraient qu'elle avait dévoilé son secret ! Elles seraient folles de rage.

Et si, par accident, Harvey lâchait le morceau ? À cette peste de Libby, par exemple, la pom-pom girl star du lycée, qui détestait Sabrina.

Tout le monde serait en danger. Ses tantes, elle-même, et peut-être aussi son père et sa mère.

« Non, c'est trop dangereux ! » se dit Sabrina.

Elle fila dans la cuisine prendre de l'eau pour Doug – non, Harvey.

— Qu'est-ce que je fais, maintenant ? soupira-t-elle.

— Tu veux un petit conseil ? proposa tante Louisa derrière elle. Emmène-les tous les deux au lac.

— Tu es folle ? Plus bas, s'il te plaît. Imagine qu'ils t'entendent !

Vexée, tante Louisa reprit son air sévère.

Un bol d'eau à la main, Sabrina retourna vers la salle à manger.

— Ça y est ! s'écria-t-elle. J'ai une idée.

Harvey-le-chien leva la tête du biscuit qu'il mâchonnait. Et Doug-le-garçon s'arrêta de jouer avec sa balle.

— Harvey, déclara-t-elle, il faut que tu me promettes que tout ce que je vais te raconter restera absolument secret.

— Bon... d'accord.

— Toi aussi, Doug.

— Ouaf !

Elle prit une longue inspiration et se lança :

— Ma tante Zelda est une savante géniale. Elle fait des recherches top-secret. Son labo se trouve dans la salle à manger, tu le sais ?

— Oui, j'avais déjà remarqué.

— Vous étiez dans le salon au moment précis où... euh... une importante transformation chimique était en cours.

— Et... alors ?

— Alors, votre présence a interféré avec cette expérience et... ça a créé une sorte de transfert entre toi et Doug.

— Je comprends. Du moment que tu répares les dégâts.

— Réparer les dégâts ? répéta-t-elle d'une voix étranglée. Euh, oui... sans problème.

— Alors, d'accord.

— D'accord, quoi ?

— Remets-nous comme on était avant, Doug et moi.

— Tout de suite ?

— Oui, on ne va pas attendre Noël !

— C'est que... c'est impossible maintenant. Je préfère que tante Zelda n'apprenne rien de tout ça, pour le moment.

— Mais... on a besoin d'elle pour nous retransformer ?

— Écoutez, restez bien sagement ici, tous les deux. Je reviens dans deux minutes.

De retour à la cuisine, Sabrina trouva Salem, vautré sur la table. Désespérée, elle le supplia de toutes ses forces :

— Je suis dans une galère pas possible ! Il faut que tu m'aides. Et, surtout, pas un mot à Hilda et Zelda.

— Pourquoi est-ce qu'elles le sauraient ? interrogea le chat en remuant furieusement la queue. Renvoie Harvey et son chien chez eux. Ça t'évitera plein d'ennuis.

— Tu es cinglé ! ! Tu imagines Doug dans le corps de Harvey ? S'il fait une fugue, on ne pourra jamais rechanger leurs corps.

Crac ! Boum !

Oh non ! Hilda et Zelda étaient de retour !

— Salem ! supplia Sabrina. Au secours !

— OK. En échange, quand j'aurai besoin de toi...

— ... je ferai tout ce que tu voudras, jura Sabrina.

5

La plus nulle des sorcières !

— Sabrina ! appela Hilda dans l'escalier. Tu ne devineras jamais ce qui s'est passé dans l'Autre Royaume !

Doug leva la tête vers Sabrina.

— L'Autre Royaume ? l'interrogea-t-il avec la voix de Harvey.

— C'est... un restaurant où elles vont souvent dîner, précisa vivement Sabrina.

— Jamais entendu parler.

— Oh, c'est loin d'ici. Maintenant, tais-toi, ne dis plus rien. Fais comme si tu étais un chien !

Harvey s'assit et posa une patte sur les genoux de Sabrina.

— Comme ça, ça va ?

— Parfait.

Ses tantes entrèrent et saluèrent Harvey.

— Bonjour ! lança Zelda en venant s'asseoir près de lui. Ça fait un bout de temps qu'on ne t'avait pas vu. Comment ça va ?

Sabrina vola à son secours.

— Il était assez occupé, ces derniers temps ! N'est-ce pas, Harvey ?

— Wouf !

Les deux sœurs froncèrent les sourcils.

— Oui, c'était vraiment ouf pour lui, cette semaine, intervint Sabrina. Il avait un tel boulot... Et puis, avec tous les entraînements de basket, il n'a plus le temps de rien. Hein, Harvey ?

— Oui, répondit Doug dans le corps de Harvey.

— Oui, répéta Harvey dans le corps de Doug.

Sabrina prit un autre biscuit et le donna au chien.

— Tiens, Doug !

Aussitôt, le vrai Harvey se précipita vers elle :

— Je peux en avoir un aussi ? Je meurs de faim.

Sabrina rit en se forçant un peu.

— Harvey, tu es très marrant, aujourd'hui !

— Oui, il a la forme, on dirait, commenta Hilda en se levant. Tu es sûre que ça va, Sabrina ?

— Tu n'as rien à nous dire ? ajouta Zelda en la regardant droit dans les yeux.

— Euh... non. J'ai été interrompue par l'arrivée de Harvey. Je faisais des brownies ! Ça me stresse !

— Mais tu n'avais qu'à zap... Tu n'avais qu'à utiliser ma recette. Ça va tellement plus vite !

— Oui, je sais, mais je ne connais pas par cœur tes petits secrets !

Puis, Sabrina prit une profonde inspiration. D'un ton calme, elle s'adressa à ses tantes :

— J'ai un truc à vous demander.

— Oui, ma chérie ? répondit Hilda.

— Harvey est chargé de garder Doug pendant une semaine. Mais le chauffe-eau ne marche plus, chez lui. Tu crois qu'il pourrait s'installer ici, dans la chambre d'amis... jusqu'à ce que ce soit réparé ?

Zelda et Hilda échangèrent un coup d'œil méfiant.

— Ça ne devrait pas poser de problème, affirma Zelda. Nous t'accueillons avec plaisir, Harvey. Du moment que tes parents sont d'accord, bien entendu.

Sabrina lui donna un coup de coude dans les côtes.

— Remercie-les, murmura-t-elle.

— Merci, articula Doug avant d'avaler un autre biscuit.

— Le pauvre, souffla Zelda à sa sœur. Ce garçon a l'air affamé.

Hilda acquiesça et, après un dernier bonsoir, suivit sa sœur dans l'escalier.

— Ce sera sympa d'avoir un chien à la maison, pour changer ! cria Sabrina en battant des mains.

Dès que ses tantes eurent disparu, la jeune sorcière se pencha vers Doug et Harvey.

— Maintenant, vous deux, vous allez m'écouter. C'est OK pour que vous restiez ici ce soir. Avec un peu de chance, j'aurai tout arrangé demain matin. D'ici là, vous vous tenez à carreau. Pigé ?

Tous deux lui répondirent par un signe de tête.

— Alors, suivez-moi, à présent. Et sans bruit !

Après avoir grimpé jusqu'au second, elle les enferma dans la chambre d'amis. Arrivée à la porte de sa chambre, la jeune sorcière surprit Salem qui surveillait le couloir.

— Ah, c'est toi que je voulais voir, justement !

— Dis-moi que je rêve, Sabrina ! Tu vas vraiment laisser ces... ces bâtards dormir ici ?

— Oui, pour cette nuit au moins.

— Je suis contre ! glapit le chat.

— Et moi, je n'ai pas le choix. Ils resteront jusqu'à ce que je trouve une solution.

— Si c'est comme ça, je dégage ! Où est ma valise ?

— Tu restes ici, Salem ! J'ai besoin de toi.

— Pardon ?

— Oui, toi, Salem Saberhagen. J'ai un gros service à te demander.

— Un service ! s'écria-t-il, horrifié.

— Oh, juste une faveur pour ta petite sorcière préférée. Trois fois rien !

— Impossible ! J'ai des trucs à faire.

— Erreur ! Tu n'as qu'une mission. Tu es de garde, ce soir ! Tu dors avec Doug et Harvey.

— Quoi ? Pourquoi tu ne le fais pas toi-même ?

— Tu imagines la tête de Hilda et de Zelda si elles me voyaient dormir avec Harvey ?

Salem fit la grimace.

— Je préfère ne pas y penser.

Sabrina jeta un coup d'œil à l'intérieur de la chambre en accompagnant Salem. Harvey-le-chien était confortablement couché en rond au milieu du lit, et Doug-le-garçon était étendu par terre sur la moquette.

— Je ne suis vraiment pas bien installé, gémit ce dernier.

Sabrina en eut les larmes aux yeux.

— Je sais ! Pardon, je te jure que je vais trouver un antidote.

Après leur avoir souhaité une bonne nuit, Sabrina redescendit dans sa chambre et se précipita sur son livre *À la découverte de la magie*. Elle attrapa aussi son *Manuel de Sorcellerie*, que ses tantes lui avaient offert pour ses dix-sept ans.

Elle feuilleta les deux bouquins à toute vitesse. « Je dois absolument trouver ! J'y passerai la nuit, s'il le faut, mais je trouverai ! »

Hélas ! Sabrina passa sa soirée et sa nuit... assoupie sur les livres. Lorsque son réveil sonna, elle était folle de rage.

— Oh non ! Je suis la plus nulle des sorcières !

Elle se leva et se dirigea vers la chambre d'amis. Quand elle ouvrit la porte, elle crut s'évanouir. La pièce était vide !

6

Le cauchemar continue !

« Je garde mon calme ! Je suis une sorcière ! » se répéta Sabrina.

Puis elle se rua au rez-de-chaussée et... s'arrêta net devant le spectacle. Lancé à la poursuite de Salem, Harvey cavalait comme un dingue à travers la maison. Quant à Doug, il était tranquillement assis sur le canapé du salon et regardait à la télé un épisode de *Lassie, chien fidèle*.

Mais où étaient passées ses tantes ? « Avec un peu de chance, elles sont dans l'Autre Royaume, à des millions d'années-lumière d'ici », se dit Sabrina. Sur la pointe des pieds, elle alla vérifier dans les autres pièces.

L'angoisse ! Elles étaient bien là toutes les deux. Hilda, en peignoir, sirotait un café en parcourant le journal du matin, Zelda, dans son labo de la salle à manger, avait déjà les yeux rivés à son ordinateur.

— Sabrina ! lança soudain Salem. Fais quelque chose ! Arrête-moi ce détraqué !

Sabrina se baissa et murmura :

— Va faire ton jogging dehors, Harvey !

Harvey-le-chien capta le message et se calma aussitôt.

— Tu as pris ton petit déjeuner, au moins ?

Il regarda du côté de la cuisine avec des yeux mouillés.

— Tu meurs de faim ! J'ai compris. Mais qu'est-ce que je vais bien pouvoir te donner ?

Ni une ni deux, elle trouva quoi lui offrir.

Dans un placard de la cuisine, elle s'empara d'une boîte de pâté.

— Je continue mes recherches à la bibliothèque. Je m'en irai dès que tu seras partie à l'école avec Harvey l'avertit alors Zelda.

— L'école ?... répéta Sabrina d'une voix cassée.

— Oui... tu sais, l'endroit où on apprend des tas de choses et où on va tous les matins.

— Ah oui ! Maintenant que tu me le rappelles... plaisanta Sabrina.

Elle remonta à l'étage, suivie du trio Doug-Salem-Harvey.

— Écoutez-moi bien. Comme Harvey et moi-même nous avons un contrôle important, ce matin, pas question de manquer l'école. Donc, Doug ira au lycée à sa place.

Harvey-le-chien sauta sur le lit de Sabrina et déclara :

— Ah, ça tombe bien, je n'avais pas bossé mes maths. Je suis sûr qu'il aura une meilleure note que moi.

— Là, je crois que tu rêves, Harvey. Toi, Salem, tu vas me rendre un gros service.

— Encore ? protesta le chat.

— Tu vas me promettre de rester ici et de garder un œil sur Harvey. Ne le laisse pas faire un seul pas sans toi.

— Le cauchemar continue ! Ma vie est fichue ! dit-il en prenant un ton tragique.

7

Tout va bien !

Sabrina pénétra dans le lycée le cœur battant. Les doigts croisés, elle essaya de se remonter le moral. « Tout va bien ! Tout va bien ! »

La langue pendante, Doug attendait qu'elle prenne les bouquins dont elle avait besoin dans son casier. Il renifla un des placards métalliques.

— Ouaf ! s'exclama-t-il soudain. Ça sent bon ! J'en veux !

— Arrête ! s'écria Sabrina en le tirant par le coude. C'est le casier de Valérie. Laisse !

Évidemment, Valérie déboula dans le couloir pile à cet instant.

— Euh... excuse-moi, Harvey, mais pourquoi tu renifles mon casier ?

— Ses parents sont absents, lui expliqua vivement Sabrina. Il n'a pas eu droit à ses biscuits protéinés, ce matin. Tu imagines !

— La honte ! Tu vas être nul en sport, ce matin, se moqua Valérie.

Ouvrant son casier, elle y glissa son sac de déjeuner. Le parfum qui s'en dégageait chatouilla les narines de Harvey.

— Il y a quoi, dedans ? grogna-t-il.

— Un sandwich au jambon et des chips. Tu en veux ?...

Vlaf !

Harvey lui arracha le sac des mains, le déchira d'un coup de dent, et ne fit qu'une bouchée du contenu.

— Mais qu'est-ce qu'il a ? bafouilla Valérie.

Sabrina éclata de rire.

— Il a faim !

Valérie secoua la tête, dégoûtée.

— Grâce à toi, je vais être obligée de déjeuner à la cafétéria. Merci Harvey !

En cours de chimie, Sabrina commença à se détendre. La chimie l'intéressait. Peut-être avait-elle hérité des dons de Zelda, l'as de la famille. En tout cas, la relation entre la chimie et la sorcellerie fascinait Sabrina.

Doug dormit pendant tout le cours et, quand la sonnerie retentit, il bondit sur son banc et... aboya.

— Hé, Harvey ! Ce n'est pas la SPA, ici ! fit un élève en riant.

— Ça ne t'arrive jamais de piquer un petit somme en plein cours ? lui rétorqua Sabrina.

— Si, mais je ne vais pas jusqu'à sauter sur mon siège, répliqua le garçon en s'éloignant.

— C'est bien, Doug, tu as été parfait, lui murmura Sabrina.

Quelle angoisse de voir Harvey avec son adorable sourire ! Désormais ce n'était que la mimique d'un gentil chien-chien !

— Tu viens, maintenant ? On change de classe.

Mais Doug la regarda avec insistance et sans bouger.

— Qu'est-ce qu'il y a ?

Son sourire s'était transformé en une moue de déception.

— Ah, j'ai capté. C'est un biscuit que tu veux !

Discrètement, elle sortit de sa poche une friandise en forme d'os et la lui glissa dans la main.

— Mange ça vite et ne le montre à personne.

— Merci, articula-t-il avant de lui sauter au cou pour lui lécher le visage.

Sabrina vira au rouge brique.

— Hé, pas de ça ici, Doug ! Lécher la figure des filles, ça ne se fait pas du tout, à Westbridge !

Au cours suivant, la catastrophe fut... intégrale. D'abord, cette peste de Libby Chessler – la pom-pom girl vedette du lycée – s'était mise à observer Sabrina et Harvey d'un air bizarre.

Sabrina lui renvoya un sourire mielleux et Libby lui tourna aussitôt le dos.

— Ouf ! dit Doug

— Je suis bien d'accord !

Mme Reilly commença à déambuler entre les tables pour rendre les contrôles de la semaine précédente.

— Bravo, Harvey, c'est excellent. En revanche, ton orthographe est calamiteuse.

Sans remarquer l'air absent de Harvey, elle lui tendit son devoir et continua sa tournée. Heureusement, car sinon elle l'aurait vu fourrer le papier dans sa bouche !

— Harvey !... souffla Sabrina. Heu... Doug !

— Quoi ?

— Ne mets pas le papier dans ta bouche.

— Et pourquoi ? J'aime ça, moi !

— Tu le feras à la maison, pas à l'école, ajouta-t-elle en lui ôtant la feuille des mains.

— D'accord, soupira-t-il.

Puis il replia les bras sur la table et y posa la tête.

« Au moins, il ne fera plus de bêtises », se dit Sabrina, rassurée.

Malheureusement, Doug se redressa subitement une demi-heure plus tard. Il fixa la prof d'anglais comme si elle était un oiseau ou un écureuil à chasser. Il ne bougeait pas.

Qu'est-ce qui pouvait bien se passer dans son crâne de chien ?

Affolée, Sabrina porta son attention sur le cours de Mme Reilly. Celle-ci lisait le passage d'un livre, dont le titre était écrit au tableau... *Croc-Blanc*, de Jack London !

Sabrina l'avait dévoré quelques années plus tôt, quand son père le lui avait offert. Ce dernier avait rencontré l'auteur un siècle auparavant et avait fortement conseillé à sa fille de lire ce livre.

— Quand on lit un texte pareil, déclara Mme Reilly en levant les yeux de son bouquin, c'est la magie qui s'installe. On croirait presque entendre l'écrivain vous parler à l'oreille.

Sabrina regarda Harvey. Le corps tendu, il frémissait de partout.

— Chuuut, Doug... du calme.

— J'aimerais que l'un d'entre vous continue à lire un ou deux paragraphes. Voyons...

La prof regarda du côté de la jeune sorcière.

« Nooon, pas moi ! S'il vous plaît, ne me demandez pas de lire. Pas aujourd'hui ! » songea Sabrina, paniquée.

Mais ce ne fut pas sur elle que les yeux de Mme Reilly se posèrent.

Non ! Elle n'allait pas faire ça !

— Harvey ? Tu veux bien te lever, s'il te plaît ? lança Mme Reilly.

8

Aucune excuse !

Toute la classe avait les yeux braqués sur la victime de Mme Reilly : Harvey Kinkle. Celui-ci semblait au bord des larmes.

— J'ai bien remarqué que ce texte t'avait bouleversé, Harvey. Tu connaissais *Croc-Blanc*, bien sûr ?

— Non, madame... souffla Harvey-Doug.

— Ah bon ? J'aimerais bien que tu nous lises ce passage.

Le pauvre Doug était complètement stressé.

— On dirait que ça ne va pas, Harvey ?

— Ouaf ! fit le jeune homme.

Les yeux de Mme Reilly s'arrondirent de surprise :

— Pardon ?

Sabrina leva vite le doigt.

— Qu'y a-t-il, mademoiselle Spellman ?

— Harvey a une angine. De la fièvre, des frissons, il a aussi...

— C'est bon, Sabrina, coupa le professeur. Vous pouvez arrêter la liste des malaises de votre camarade. Je vais lire moi-même le passage de *Croc-Blanc*.

Sabrina assista à tous les cours avec Doug. Ô miracle, personne ne découvrit sa véritable identité. Les choses se compliquèrent à l'heure du déjeuner. À la cafétéria, le chien ne se tenait plus devant tant de nourriture.

Sabrina l'entraîna vers le coin le plus reculé de la salle avec un plateau rempli à ras bord.

« Avec un peu de chance, aucun élève ne fera attention à nous », songea-t-elle.

Trop tard ! Valérie les repéra tout de suite. Elle les rejoignit rapidement.

— Tu connais la dernière, Sabrina ? lui lança-t-elle en venant s'installer à côté d'elle.

— Non...

— C'est Libby Chessler. Elle raconte partout que...

— Ouaf !

— Harvey ?... Qu'est-ce qui te prend ? fit Valérie, étonnée.

— Euh... il a une crève d'enfer, prétexta Sabrina. Genre extinction de voix. Il pousse des aboiements, parfois, tellement il a mal.

— C'est bien ce que j'ai cru entendre ! En tout cas, ça ne lui coupe pas l'appétit.

— Qu'est-ce que tu me disais à propos de Libby ? reprit Sabrina.

— Oh, laisse tomber, fit Valérie en se levant. Aucune importance. Cette fille est nulle, de toute façon. Je vous laisse, je vais à la bibli. Salut !

Ils finirent de manger en quatrième vitesse.

— On file, grommela la jeune sorcière. On prendra un dessert ce soir.

Doug aboya tristement.

— Je sais, murmura Sabrina plus gentiment. Mais il y a M. Kraft au rayon des glaces. C'est le principal, ne prenons pas trop de risques.

En sortant de la cafétéria, Sabrina resta

figée sur place. Pourquoi arrivait-elle toujours au mauvais moment ?

— Doug, tiens-toi tranquille ! murmura-t-elle. Oh, salut Libby. Comment ça va ?

— Pourquoi tu me demandes ça ? fit Libby, méfiante. Ce n'est pas ton genre ! En fait, je cherche Harvey. Je voulais lui parler de notre projet sur le Mexique... Mais, je rêve ou je t'ai entendu l'appeler Doug ?

Sabrina faillit s'étrangler.

— Tu délires ! Pourquoi est-ce que je l'appellerais Doug ?

— Parce que c'est mon n...

Zap ! Sabrina remua le petit doigt et plaqua une muselière invisible sur la bouche de Doug.

— Mmf ! protesta-t-il.

— Tu l'as appelé Doug, insista Libby. Au moins trois fois, ce matin. Arrête de mentir.

— Il s'agit d'un secret entre nous.

— Quoi ? demanda Libby d'une voix aiguë.

— Oui, c'est un petit nom que je lui donne, précisa-t-elle en prenant Harvey par le bras.

— Tu es vraiment dérangée, ma pauvre fille !

Libby se figea brusquement. Harvey commençait à la renifler !

— Hé, lâche-moi ! glapit-elle. Mais que se passe-t-il ? Toi aussi, tu es bizarre, aujourd'hui !

Dégoûtée, elle tourna les talons et s'éloigna.

— Ouf ! C'était moins une ! soupira Sabrina. Allez, viens, Doug, c'est l'interro de maths, maintenant.

Avant même le début du contrôle, Sabrina vit tout de suite que Doug n'allait pas bien. Il gesticulait sans cesse sur sa chaise. « Cette fois-ci, songea-t-elle, je n'ai plus le choix ». À voix basse, elle lui souffla quelques mots à l'oreille :

Tous les calculs que j'écrirai,
Tu les recopieras sur ton papier.

— Sabrina, lui demanda alors Mme Quick, tu as un problème ?

— Euh... non, madame. J'ai juste l'habitude, avant une interro, de me réciter un petit poème qui me porte chance.

— N'importe quoi ! D'abord, on est en maths, pas en cours d'anglais. Alors, au travail ! Tu n'as aucune excuse !

« Si, j'en ai une, pensa Sabrina. J'ai voulu préparer des cookies et comme je suis une sorcière, j'ai zappé sur ce pauvre Harvey ! »

9

Il ne faut jamais compter sur son chat !

À la fin de la journée, ils tombèrent nez à nez avec M. Tripp, le prof de sport.

— Bonjour, Sabrina. Ah, Harvey, tu ne sèches pas l'entraînement d'athlétisme, j'espère ? Le match est pour bientôt. Tu sais qu'on compte sur toi.

— Euh... oui, balbutia Sabrina. Il allait justement se changer.

— Parfait. Alors, à tout à l'heure.

Sabrina emmena vite Doug au vestiaire. *Zap !* En moins d'une seconde, il portait le jogging et les chaussures de Harvey.

Quand ils pénétrèrent dans le stade,

M. Tripp donnait déjà ses instructions. Sabrina souffla quelques derniers conseils à l'oreille de Doug. Puis, le cœur battant, elle s'installa au premier rang. Si les choses tournaient mal, un petit peu de magie serait nécessaire.

Sabrina ouvrit des yeux ronds. « Mais il n'a pas besoin d'aide du tout ! » songea-t-elle. Une véritable fusée venait de passer sur la piste. Et c'était Harvey Kinkle !

— Ça alors ! s'exclama-t-elle.

Sabrina se leva. Elle vérifia que personne ne faisait attention à elle et s'approcha de la piste. D'abord, elle arrêta net le temps. L'équipe entière se figea. Puis, *Pouf !* Sabrina apparut aux côtés du chien qui continuait à courir comme un fou.

— Doug, il faut ralentir, maintenant. Tu es le plus rapide. Ils sont tous fiers de toi.

— Tu rigoles, là ? J'ai à peine fait un tour.

— Oui, mais ça suffit. Tu t'es largement qualifié pour la compétition de samedi.

— Vrai ?

— Oui, tu es le meilleur !

Sabrina retourna prendre sa place sur les gradins. Elle fit ensuite redémarrer le temps.

Quand Doug franchit la ligne d'arrivée, M. Tripp se précipita vers le jeune homme :

— Harvey, je n'y crois pas ! Tu viens de battre un record !

Éberlué, Doug afficha un sourire radieux.

— Tu as été super, Doug, le félicita Sabrina quand, enfin, ils rentrèrent chez eux.

— Oui, j'ai hâte de raconter tout ça à Harvey. J'adore la course !

Puis, levant les bras au ciel, il ajouta :

— Et j'adore être un garçon !

— Allez, viens, Superman, on fonce à la maison.

La journée avait été dure, mais Doug ne s'en était pas trop mal sorti. À certains moments, Sabrina s'était presque amusée.

Mais il était temps que Harvey et Doug récupèrent leurs corps respectifs.

En pénétrant dans l'antique demeure de ses tantes, Sabrina découvrit Salem assis dans l'escalier. Et il avait l'air très énervé.

— Salem, qu'est-ce qui se passe ? demanda la jeune sorcière, inquiète.

— C'est Doug – je veux dire, Harvey – enfin... ce *chien*, quoi !

— Harvey ? Où est-il ? Il lui est arrivé quelque chose ?

— Hum... il est sorti pour une petite balade.

— Et... tu ne l'as pas accompagné ?

— J'ai essayé mais il a pété les plombs. Il s'est mis à courir dans tous les sens comme un malade et... il s'est fait embarquer par la fourrière.

— QUOI ? Tu délires !

— Non, Harvey s'est fait embarquer. Je te jure !

À cet instant, Doug posa une main rassurante sur le bras de Sabrina et articula :

— Son collier...

— Son collier ? Ah oui, Doug a raison, il avait son collier. Enfin... celui de Doug. Ils vont bien finir par appeler.

— Oui, mais, chez les Milligen, corrigea le chien. C'est leur numéro qui est écrit dessus. Doug est leur chien.

— Flûte ! Est-ce qu'ils ont un répondeur, au moins ? Tu as la clé de leur maison ? Peut-être qu'on devrait...

— Laisse tomber, coupa Salem.

— Comment ça ?

— Harvey n'avait pas son collier en sortant.

— Quoi ? ! hurla-t-elle. Tu le lui avais enlevé ?

— Non, c'est lui.

— Je ne te crois pas ! Il n'y serait pas arrivé tout seul !

— Eh bien, lui, il a réussi ! Parce qu'il ne le supportait pas. Il disait que c'était pire qu'une cravate. Il s'est planté devant le miroir et se l'est arraché avec ses grosses pattes, voilà ! Même dans un corps d'animal, il reste malgré tout un homme.

— Et toi, tu l'as laissé faire ? Tu es dingue, Salem !

— Excuse-moi, mais tu as déjà vu un *chat* empêcher un *chien* de faire quelque chose ?

Sabrina se prit la tête entre les mains.

— Quelle horreur ! Ce pauvre Harvey poireaute à la fourrière comme un vulgaire chien errant.

— Tu vois, quand tu veux, Sabrina, tu comprends tout du premier coup, persifla Salem.

La jeune sorcière le fusilla du regard :

— Je sais aussi qu'il ne faut jamais compter sur un chat !

10

Tout le monde à la maison !

Sabrina prit Doug par le bras, serra Salem contre elle et agita les doigts. Un dôme d'étincelles les enveloppa soudain. Cinq secondes plus tard, tous les trois étaient devant la fourrière.

— Doug, promets-moi de bien te tenir. Si on te pose des questions, tu me laisses répondre, d'accord ?

— Compte sur moi.

Sabrina poussa la lourde porte d'entrée. Elle aperçut la secrétaire derrière un bureau d'accueil. Un badge épinglé sur sa poitrine annonçait : « Martine ».

— J'ai perdu un labrador couleur sable. L'a-t-on amené ici, aujourd'hui ?

— Je vous conduis au chenil. Nous saurons tout de suite s'il est là.

Dès qu'ils entrèrent, tous les chiens se mirent à aboyer comme des fous. Doug se jeta contre une des cages pour en faire autant.

— Ouaf ! Ouaf ! fit-il, tout joyeux.

Martine le regarda d'un air ahuri.

— Ne faites pas attention, expliqua Sabrina. Il est acteur. Il joue bientôt le rôle d'un chien dans une pièce de théâtre pour enfants. Dès qu'il peut, il répète.

— J'adorerais voir ce spectacle.

— Je vous enverrai un billet, promis.

Quant à Salem, toutes griffes dehors, il était tout près de craquer.

— Je hais cet endroit. Ça me rend hystérique, murmura-t-il.

— Hé, du calme, on sera dehors dans cinq minutes.

— Oh, c'est drôle ! Je parle aussi à mon chat, commenta Martine avec un petit sourire amusé. Je l'adore.

— Moi aussi.

Ils longèrent toute une série de cages sans

résultat. Mais, en approchant de la dernière, Sabrina entendit soudain :

— Psst, par ici !

— On l'a trouvé ! s'écria-t-elle.

Martine se pencha et considéra le beau labrador qui remuait la queue en aboyant.

— Vous devriez lui mettre un collier, vous savez.

— Il en a un ! Il a dû le perdre. Est-ce que je peux récupérer mon chien ?

— Vous avez une preuve qu'il est bien à vous ? C'est un chien de race, il a de la valeur. Je voudrais être sûre qu'il vous appartient. Je ne peux pas vous laisser l'emmener comme ça.

Sabrina eut une idée. Puisque Harvey s'occupait de Doug en l'absence de son vrai propriétaire, il avait sûrement des papiers le concernant. « Le portefeuille d'Harvey ! Il est dans sa veste ! » Elle fouilla dans la poche de Doug. Triomphante, elle agita une feuille sous le nez de la secrétaire.

— Voilà ! Ce papier indique la date de naissance, les vaccins et... l'adresse du vétérinaire du chien. Ça vous va ?

Ce fut suffisant pour Martine qui libéra

le labrador. Dès qu'ils furent dehors, Sabrina explosa :

— Et ne recommence plus jamais ça !

Harvey baissa la tête, tout penaud. Et Sabrina craqua... comme toujours.

— Allez, ne fais plus cette tête. J'ai trouvé le moyen de vous retransformer.

— Raconte, dit Harvey tout excité.

Elle se mit à rire. Le labrador était si craquant avec la voix de Harvey...

— Non, c'est mon secret. Fermez les yeux, maintenant !

Docilement, Harvey et Doug obéirent.

Sabrina marmonna une formule magique.

« Maintenant, voyons si ça a marché. »

— Harvey ?

— Oui ? répondit Doug. Que se passe-t-il ?

— Oh ! C'est raté ! râla Sabrina.

— Et si tu nous laissais comme ça ? proposa alors Harvey.

— Quoi ?

— Je... j'ai réfléchi et je trouve que... que la vie de chien, c'est génial !

— Tu rigoles !

— Non, franchement, j'aime bien... excepté la fourrière, ça, je déteste.

— Moi aussi, renchérit Doug. J'adore être un humain !

Sabrina resta figée quelques secondes.

— Ouaf ! fit Harvey, déçu.

Salem s'éclaircit la gorge... et siffla à l'oreille de la jeune fille :

— Tu n'es qu'une débutante, ma pauvre !

Hors d'elle, Sabrina hurla à l'attention de tout le monde :

— ON RENTRE ! TOUT DE SUITE !

11

Une gaffe sidérale !

En rentrant à la maison, Sabrina monta directement dans sa chambre. Elle ouvrit son livre *À la découverte de la magie*. Il fallait absolument qu'elle demande conseil à son père.

— Bonjour, mon cœur ! lui dit Edward Spellman quand son image prit vie. Deux appels en une semaine, qu'est-ce qui t'arrive ?

— J'ai des ennuis, Papa.

— Du calme, ma chérie. Raconte-moi ! Qui t'ennuie ?

— Un chien...

— Un chien ? J'adore les chiens. Je t'ai

déjà dit que j'en ai eu un, il y a cinq ans ? Il s'appelait Xanadu et...

— Papa ! Écoute-moi. Je dois échanger les esprits d'un chien et d'un humain. Comment on fait ?

— Attends, laisse-moi réfléchir...

— Sabrina, on peut entrer ? firent Hilda et Zelda de l'autre côté de la porte.

Sabrina referma le bouquin au nez de son père et se tourna vers ses tantes avec un grand sourire.

— Bonjour...

— Tu parlais à Edward ? demanda Zelda.

— Ça fait des siècles qu'on ne l'a pas vu, ajouta Hilda.

— Oui... mais il était pressé. Il a dû partir.

Zelda leva les yeux au ciel. Elle arracha le livre des mains de sa nièce :

— Quel mal élevé ! On ne se sauve pas comme ça !

Sabrina tremblait de la tête aux pieds. Lorsque Zelda rouvrit l'ouvrage, le portrait de son père reprit vie. Edward Spellman put s'exprimer de nouveau.

— Ne me claque pas le livre sur le nez,

chérie ! Je disais donc, échanger l'esprit d'un mortel et celui d'un chien est une des rares choses que je n'ai jamais faites. Je n'en vois d'ailleurs pas l'utilité. Cependant, en se servant d'un miroir, peut-être que... Oh, salut vous deux !

Les deux sœurs écarquillèrent les yeux, et Sabrina manqua de s'étrangler. Zelda et Hilda la contemplèrent d'un air très sévère.

— Edward, reprit Zelda sur un ton mielleux, nous avons été ravies de te parler...

— ... mais Sabrina doit faire ses... ses *devoirs*, acheva Hilda.

— Ma fille en a de la chance d'avoir deux tantes qui s'intéressent tant à elle, déclara Edward Spellman. J'apprécie beaucoup. Merci les filles !

— Pas de problème, nous sommes heureuses de lui rendre service.

Slam ! L'image de son père disparut aussi sec.

— On peut savoir ce que tu mijotes, Sabrina ? s'enquit Hilda.

Zelda observa la jeune sorcière, bras croisés.

— Sabrina ! J'attends une réponse !

— J'ai interverti par accident Harvey et Doug !

— Sabrina, on fait tous des erreurs, soupira Zelda. Même nous, les sorciers. Surtout quand on apprend.

— Alors, pourquoi est-ce que vous êtes furieuses ?

— D'abord, tu nous as menti au sujet de Harvey. Et ensuite, pour régler ton problème, tu n'avais pas à déranger Edward.

— Je... je n'osais pas vous interroger. J'avais peur.

— De quoi ? interrogea Hilda.

— Je ne sais pas. Que vous me fassiez la morale. Et puis, j'avais honte. Vous savez tout faire grâce à la magie et moi... je suis nulle.

Ses tantes échangèrent un regard embarrassé.

— On a eu des centaines d'années pour apprendre et mettre en pratique nos pouvoirs. Toi, ça fait moins de deux ans. Comment veux-tu avoir déjà notre expérience ou celle de ton père ? dit doucement Zelda.

— Et puis, ajouta Hilda, nous aussi on a

été nulles ces derniers jours. On n'a même pas remarqué que tu avais un problème.

Sabrina se jeta dans les bras de ses tantes :

— Ça veut dire que vous allez m'aider ?

— Pas question ! répliqua Hilda en souriant. Tu vas apprendre à te débrouiller toute seule.

— Mais, je n'ai que jusqu'à samedi après-midi ! Allez, donnez-moi un petit indice !

Zelda la poussa devant la glace fixée à la porte.

— Regarde ton reflet dans le miroir. Tu trouveras la solution magique à ton problème... en toi !

— Très drôle ! marmonna Sabrina.

En observant son image, la jeune sorcière sentit une immense tristesse l'envahir. Comment avait-elle fait pour mélanger la vie d'un adorable chien à celle d'un garçon encore plus adorable ?

Et comment allait-elle s'y prendre pour que les choses reprennent leur cours normal ?

12

Harvey, on t'aime !

— Harvey, on t'aime !

Les filles de troisième se pressaient dans le couloir. Elles gloussaient et battaient stupidement des cils devant celui qu'elles croyaient être Harvey. Ravi, Doug se pavanait comme le roi du monde.

Le seul endroit où Sabrina retrouvait un peu de calme était le vestiaire des filles. Quand elle y entra, toutes se tournèrent vers elle. Même Libby Chessler.

— Alors, Sabrina, quel effet ça te fait de sortir avec la star de l'équipe d'athlétisme ?

— Je ne *sors* pas avec Harvey.

— Ça veut dire qu'il est libre pour la soirée ? interrogea Libby avec une lueur d'excitation dans les yeux.

« La soirée ? Zut ! »

Cette fête lui était complètement sortie de la tête.

— Je ne pense pas qu'il ira.

— Non, mais je rêve ! s'exclama Marissa. Il faut qu'il vienne, toute l'équipe sera là. On va faire les pom-pom girls rien que pour eux !

Libby rangea sa brosse dans son sac et le referma d'un geste sec.

— Il viendra, dit-elle en se regardant une dernière fois dans la glace.

Puis, d'un pas décidé, elle quitta la pièce.

— Hum... articula Sabrina. Je sens une nouvelle catastrophe à l'horizon.

Dès qu'elle vit Doug, il se jeta sur elle :

— Sabrina, tu ne m'avais pas dit qu'on allait danser, ce soir !

— Désolée, j'ai oublié. C'est important ?

— Oui ! Et pourquoi je n'irais pas ?

— Parce que Libby va te briser le cœur !

— De quoi tu parles ?

— Tu comptes danser avec elle, non ?

— Pas question. Elle sent bizarre. D'ailleurs, je n'aime pas ses grands airs. C'est avec toi que je danserai !

« Je dois rire ou pleurer ? » se demanda Sabrina.

Ce soir-là, la jeune sorcière fit son entrée dans le gymnase au bras d'un chien qui se prenait pour un garçon. L'élève le plus populaire du lycée.

L'orchestre et la déco étaient cool, l'ambiance sympa mais Sabrina ne se sentait pas très à l'aise.

Doug avait insisté pour venir danser.

Harvey avait insisté pour qu'elle accepte.

— Pourquoi veux-tu que j'aille danser avec Doug ? lui avait-elle demandé.

— Je suis l'invité d'honneur, n'oublie pas. Il faut que je me montre. Même si je ne peux pas être là... en personne.

Résultat, elle s'était rangée à son avis. À cause de lui, elle avait accepté de venir à la soirée au bras d'un chien !

Elle suivit Doug des yeux. C'est vrai qu'il était beau dans son costume sombre.

— Waouh, Harvey, tu as la classe ! s'exclama Jason Wayne.

Il se tourna alors vers Sabrina et admira la robe de satin assortie à ses yeux bleu pâle (robe qu'elle avait créée d'un claquement de doigts à la dernière minute).

— Toi aussi, Sab, tu es super chouette !

— Hum... merci.

— Alors, vous êtes de nouveau ensemble ?

— Non. On reste bons amis, c'est tout.

— Oui, c'est ça ! Tu te fiches de moi ?

Après une grande tape sur l'épaule de Doug, il s'éloigna.

Soudain, les lumières baissèrent et l'orchestre entama un slow. Quelques couples vinrent danser sur la piste et... Libby apparut comme par miracle derrière Doug.

— Alors, Harvey, tu danses un peu ?

— Bien sûr.

Avec un sourire satisfait, elle se dirigea à son bras vers la piste. Sabrina aurait voulu disparaître sous terre. Elle constata avec surprise que Doug ne s'en tirait pas trop mal.

— Où est-ce que tu as appris à danser ? lui demanda-t-elle après le slow.

— Chez Mme Milligen. Elle écoute tout le temps de la musique. Quand j'étais un chiot, elle me prenait par les pattes de devant et me faisait danser avec elle. C'était cool.

— Là, tu m'épates. Vraiment.

— Wouf ! lâcha-t-il, ravi du compliment.

La soirée se passa sans incident jusqu'à ce que l'entraîneur de l'équipe vienne au micro.

— Désolé de jouer les trouble-fête mais il est temps pour nos sportifs de rentrer. Demain, nous avons une rencontre capitale, et je voudrais les voir tous en pleine forme. Une bonne nuit de sommeil est essentielle pour gagner.

Sabrina et Doug rentrèrent à pied à la maison.

— Merci, Sabrina, lui souffla-t-il une fois dans la rue.

— De quoi ?

— De m'avoir offert la plus belle soirée de mon existence ! Et de m'avoir fait goûter à la vie de garçon. Je n'oublierai jamais.

— Moi non plus, répondit-elle plutôt émue.

13

Tilt

Sabrina avait gambergé toute la nuit... et n'avait toujours pas de solution à son problème.

Si, à 15 heures, elle n'avait pas rétabli le cours normal des choses, elle perdrait définitivement tous ses pouvoirs ! C'était ce que lui avaient annoncé ses tantes.

De plus, Harvey, le vrai, avait une compétition d'athlétisme l'après-midi même.

— Je suis désolée, lui dit-elle.

Le pauvre chien-garçon haussa les épaules.

— De toute façon, soupira-t-il en se fourrant la tête entre les pattes, je suis grillé pour la course...

Grillé ! Le mot fit « tilt » chez Sabrina.

Le grille-pain, dans la cuisine ! Là où tout avait commencé.

La réponse à son problème lui sauta aux yeux. Elle revit l'incident se dérouler au ralenti.

Quand Doug avait fait irruption dans la salle à manger, elle s'était retournée en lâchant son fluide magique. Celui-ci avait ricoché sur le grille-pain... L'appareil avait agi comme un miroir !

C'est alors que les paroles de Zelda lui revinrent en mémoire : *Regarde ton reflet dans le miroir. Tu trouveras la solution magique à ton problème... en toi !*

Elle lui avait donné la réponse, et Sabrina avait cru qu'elle s'était moquée d'elle. Mais, à présent, elle savait ! Pour rompre le charme, elle avait besoin d'un miroir !

— Harvey ! Allons au stade ! Je sais quoi faire.

— Tu veux dire que je peux courir pour la compétition ?

Sabrina hocha la tête. Et le sourire de Harvey fut son plus beau cadeau.

Dès qu'ils furent arrivés tous les trois,

Sabrina se rua vers le groupe de pom-pom girls. Libby et ses amies se maquillaient.

— Libby, excuse-moi une seconde... dit Sabrina.

Celle-ci se retourna, surprise. Mais déjà Sabrina lui arrachait son poudrier des mains.

— Merci !

— Mais... qu'est-ce qui te prend ? hurla Libby. Tu es complètement givrée !

— Désolée, cas de force majeure ! Tu le reverras, ton poudrier !

Au galop, elle retourna auprès de Harvey-le-chien. Mais, quand elle arriva sous l'arbre où elle l'avait laissé, elle resta bouche bée. Harvey s'était volatilisé !

— Oh non ! s'écria-t-elle.

M. Kraft emmenait le pauvre Harvey avec lui !

14

Course contre la montre !

— Monsieur Kraft ! cria Sabrina. Attendez !

Il se retourna, la regarda d'un air irrité :

— Je suis occupé, mademoiselle Spellman. Prenez donc rendez-vous avec ma secrétaire.

— Mais, c'est mon chien ! Enfin... je le garde pour mes voisins.

— Les animaux sont interdits dans l'enceinte du lycée, mais aussi dans le...

— ... le stade, je sais. Laissez-moi l'emmener !

— Trop tard, dit-il en poussant Harvey dans le coffre de son break. Ce chien part à la fourrière.

— Non, vous ne pouvez pas ! Ses propriétaires doivent rentrer aujourd'hui. Ils ne vont pas apprécier du tout.

Indifférent à ses explications, M. Kraft referma le coffre. Puis il s'installa au volant. Coincé à l'arrière, Harvey jeta un regard suppliant à Sabrina.

— Ne t'inquiète pas, dit-elle entre ses dents.

Elle ne connaissait rien aux voitures. Mais elle savait une chose : le fluide magique qu'elle jetait du bout des doigts abîmerait le moteur.

En effet, le véhicule démarra, crachota, hoqueta, toussa. Puis, plus rien.

— Qu'est-ce qui se passe ? s'affola M. Kraft avant de descendre pour soulever le capot.

— Vous êtes en panne, fit Sabrina en souriant.

Puis elle lâcha une nouvelle giclée de fluide pour libérer Harvey... qui ne se le fit pas dire deux fois !

— Revenez ! hurla M. Kraft.

Personne ne lui obéit.

Sabrina et Harvey coururent vers la piste où se déroulait le 100 mètres.

— Vite Doug ! En place ! cria Sabrina.

Doug s'étira une dernière fois, posa un genoux par terre, cala son pied contre le starting-block et plaça soigneusement les mains sur le sol.

— Écoute, lui souffla Sabrina, j'ai trouvé le moyen de vous retransformer, tous les deux. Ne me pose pas de questions pour le moment. On n'a pas le temps ! Arrange-toi pour que je t'aie dans mon champ de vision, c'est tout.

Elle se tourna ensuite vers Harvey :

— Si tu veux redevenir le garçon que tu étais, reste près de Doug, d'accord.

Il hocha gravement la tête.

— À vos marques...

Sabrina ouvrit le poudrier et chercha le meilleur angle possible pour diriger son miroir. Quand le charme ricocherait sur la glace, le fluide magique tomberait pile sur Harvey et Doug.

— Prêts...

Elle respira un bon coup, répéta le charme prononcé dans la cuisine en inversant les paroles. Puis elle lâcha son fluide magique sur le miroir.

— Partez !

Zap !

Un halo de poussière lumineuse enveloppa le garçon et le chien au moment précis où Doug décollait du starting-block. Sous le soleil, personne ne remarqua le léger nuage qui disparut aussitôt.

Les athlètes s'élançaient maintenant vers la ligne d'arrivée. Sabrina se précipita vers le labrador encore assis sur la piste, tout ahuri après avoir subi le sort magique.

Sabrina sentit son estomac se retourner. Un concurrent avait doublé Harvey, qui fut distancé et termina à la deuxième place !

— Oh, non, ce n'est pas vrai !

L'inversion du charme n'avait pas marché. Mais quelque chose de pire se préparait : les parents de Harvey couraient vers lui pour le féliciter ! Combien de temps leur faudrait-il pour se rendre compte que leur fils était transformé en chien ?

15

Une fille très spéciale

Tout à coup, Harvey tira si fort sur sa laisse que Sabrina lâcha prise. Et il se lança à fond de train... vers la catastrophe.

La jeune sorcière se mit à courir derrière lui. Hors d'haleine, elle rejoignit ceux qui félicitaient Harvey – plus exactement, celui qu'ils croyaient être Harvey.

— Je suis fier de toi ! lui dit son père en lui donnant une tape dans le dos.

— Tu as été super ! ajouta sa mère en applaudissant.

— Doug ! s'écria alors une dame tandis que le chien lui sautait dans les bras. Mon bébé, tu m'as tellement manqué !

« Catastrophe intégrale ! songea Sabrina. Je sens que je vais me zapper moi-même ! »

— Tu vois, je ne m'en suis pas trop mal tiré ! chuchota Doug à son oreille.

— Oui, tu as été très bien.

Elle ouvrit des yeux ronds :

— J'ai réussi la transformation ? Harvey ?... C'est toi ?...

— Oui, c'est moi, lui souffla-t-il en l'embrassant. Je suis revenu dans mon corps.

— Harvey ? ! Je n'y crois pas ! Quand je t'ai vu terminer deuxième, j'ai cru que le changement avait raté.

— Oh non. J'avais des fourmis dans les jambes. Et la tête qui tournait ! J'ai été un peu ralenti. Je me demande pourquoi ! plaisanta-t-il. On se voit plus tard ?

— D'accord. J'ai un dernier détail à régler.

Soudain Harvey revint sur ses pas :

— Sabrina, demande à ta tante d'arrêter de jouer les chimistes. Elle est trop nulle ! Quant à toi, sache que tu es une fille très spéciale.

Folle de joie, Sabrina s'assit à l'écart sur

les gradins et claqua des doigts. *Zap !* Un portable apparut dans sa main et elle appela aussitôt ses tantes pour leur annoncer la nouvelle.

— Zelda, tu sais quoi ? Harvey et Doug ont retrouvé chacun leur corps !

— Félicitations, chérie ! Tu vas bientôt faire une excellente petite sorcière !

Hilda prit alors le combiné à sa sœur.

— À propos, qu'as-tu dit à Harvey pour la transformation ? Tu ne lui as pas avoué que tu étais une...

— Pas de panique ! Harvey pense juste que je suis une fille très spéciale.

— Je n'aurais pas mieux trouvé, chérie ! Tu ne ressembles à personne.

Soudain, Sabrina se sentit très émue en raccrochant.

— Merci beaucoup, tante Hilda.

Elle chercha Harvey des yeux. Il discutait avec son entraîneur mais lui sourit dès qu'il la vit.

— Et merci beaucoup, Harvey, d'être redevenu toi-même.

Sabrina

l'apprentie sorcière

1. Une rentrée pas ordinaire
2. Une rivale inattendue
3. Un Noël presque parfait
4. Un invité surprise
5. Un amour de sorcière
6. Un week-end très mouvementé
7. Une journée d'enfer
8. Un lundi hallucinant
9. Sabrina fait des mystères
10. Détective de choc !
11. La fête des sorcières

La magie de Sabrina (Hors-série)

Et pour les plus jeunes :

Salem

le chat de Sabrina

1. Salem à la télé
2. Salem à l'école
3. Piégé dans l'Histoire !
4. Attention au sort !
5. Un après-midi de chien
6. Allô, Salem ?

Tu aimes rêver,
alors découvre vite la collection

Toi+Moi=♥

La grande histoire de Léa :

1. **Le cœur en bataille**
2. **Je t'aime, je te hais**
3. **Sauve qui peut l'amour**
Marie-Francine Hébert

4. **Rendez-vous sur la Côte d'Amour**
Michel Amelin

5. **Les carnets de Lily B.**
Véronique M. Le Normand

6. **Félix Delaunay et moi**
Shaïne Cassim

7. **Le garçon d'à côté**
Michel Amelin

8. **Avis de tempête**
Marie-Sophie Vermot

9. **Le fils de l'astronaute**
Danielle Martinigol

10. **Le bourreau de mon cœur**
Michel Amelin

11. **Gaufres, manèges et pommes d'amour**
Giova Selly

12. **Le garçon qui vivait dans ma tête**
Gudule

13. **Un cœur pour deux**
Nina Petrick

14. **Les anges ont trop à faire**
Micheline Jeanjean

15. **Un été de Jade**
Charlotte Gingras

Tu aimes te bidonner, alors dévore les romans de la collection

RIGOLO

1. **Papelucho, drôle de zozo,** Marcela Paz
2. **Un troll dans mes croquettes,** Ursel Scheffler
3. **Lucie l'éclair,** Jeremy Strong
4. **Un samedi de dingue,** Arnaud Delloye
5. **Dakil, le Magnifique,** Marie-Sabine Roger
6. **L'épicerie en folie,** Fanny Joly

Drôle d'école !

7. **Qui a tagué Charlemagne ?**
8. **Les millionnaires de la récré**
9. **La directrice est amoureuse**
11. **Chaud, la neige !**

Fanny Joly

10. **Comment être super-belle ?,** Michel Amelin
12. **Plus menteur que moi... y a pas !,** Sophie Dieuaide
13. **La flûte de Simon pète les plombs !,** Freddy Woets
14. **Au secours, ma mère se remarie !,** Barbara Park

Un extraterrestre dans ma classe

15. **Super, Pleskit débarque !**
16. **La prof a rétréci !**
17. **Où est le cerveau de Grand-père ?**

Bruce Coville

18. **Une frousse de dingue,** Arnaud Delloye

19. **Mon prof est un extraterrestre**
20. **Ciel ! Encore un prof extraterrestre**
21. **Mon prof s'allume dans le noir**
22. **Mon prof a bousillé la planète**

Bruce Coville

Cet ouvrage a été composé par
PCA - 44400 REZE

Imprimé en France sur Presse Offset par

BRODARD & TAUPIN

GROUPE CPI

La Flèche (Sarthe), le 23-11-2001
N° d'impression : 10524

Dépôt légal : juin 2001

POCKET jeunesse

12, avenue d'Italie • 75627 PARIS Cedex 13

Tél. : 01.44.16.05.00